编辑委员会

中华传统经典诵读文本

『中华传统经典诵读等级考试』指定用书

汉代文选

罗安宪 主编

人民出版社

前　言

　　传统，是从历史上流传下来的、在历史上产生过重要影响、现今仍然存在并发生影响的文化信念、文化观念、心理态度及行为方式。经典是经过长期历史选择，而对本民族的文化传统产生重大影响，并最大限度地承载着本民族传统的文化典籍。经典之"经"有经久、恒常、根本的含义；经典之"典"有典章、典范、典雅的含义。传统经典既是在历史上长期流传、经久不衰的经典，又是承载、亘续传统的经典，是最有代表性、最为完美、最为精粹的经典。传统的直接载体是经典，经典保存了最优秀的中华传统文化。弘扬中华传统文化，最为简捷的途径是熟读经典。

　　中华文化源远流长，博大精深，中华民族在漫长的发展历程中，创造了无数璀璨的文化经典。经典之为经典，不是因为它是历史上产生的、是在历史上发生重要影响的文化典籍，而是因为它在历史的长河中一直持续发生影响，是因为它持续不断地影响着历史的发展，是因为它持续不断地塑造着民族精神，是因为它才是民族灵魂中永不磨灭的因子，是因为它才是传统得以传承最为重要的载体。

我们提倡诵读经典。诵读经典，是要大声地"读"，而不是无声地"看"。古人强调读书，不是看书。在读书过程中，眼睛、嘴巴、耳朵、心灵，全部投入其中，是全身心地投入，是与古代先贤精神上的沟通与交流。在读书中，与经典为伴，与圣贤为伴，仔细体会字里行间的深刻意涵。读经典不是简单地读一遍、两遍，而是要反复地读、大声地读。诵读经典，不仅可以增长智慧，开拓视野，还可以涵养气质，陶冶情操。特别是在身体与思想的养成阶段，通过诵读经典、熟悉经典，对于人格的养成，具有重要的、无可限量的意义。

为推动中华传统经典诵读活动的进一步发展，由中国人民大学孔子研究院发起，在全球范围内开展"中华传统

经典诵读活动"。为配合此项活动，我们编选了"中华传统经典诵读文本"。

"中华传统经典诵读文本"，共13册，分别是：《周易》、《论语》、《老子》、《大学　中庸》、《孟子选》、《庄子选》、《春秋左传选》、《诗经选》、《汉代文选》、《唐代文选》、《宋代文选》、《唐诗选》、《宋词选》。所选文本为中国传统经典中最为重要、最有影响、最为优美的篇章。

文本的主要功能是诵读，故对文字不作解释，只对生僻字和易混字作注音。

罗　安　宪

2023 年 3 月

目 录

史记·伯夷列传　　◎司马迁

夫学者载籍极博，犹考信于六艺。《诗》、《书》虽缺，然虞、夏之文可知也。尧将逊位，让于虞舜，舜、禹之间，岳牧咸荐，乃试之于位，典职数十年，功用既兴（xīng），然后授政，示天下重器。王者大统，传天下若斯之难也。而说者曰，尧让天下于许由，许由不受，耻之逃隐。及夏之时，有卞随、务光者。此何以称焉？太史公曰：余登箕（jī）山，其上盖有许由冢（zhǒng）云。孔子序列古之仁圣贤人，如吴太伯、伯夷之伦详矣。余以所闻由、光义至高，其文辞不少概见，何哉？

孔子曰："伯夷、叔齐，不念旧恶，怨是用希。""求仁得仁，又何怨乎？"余悲伯夷之意，睹轶诗可异焉。其传（zhuàn）曰：伯夷、叔齐，孤竹君之二子也。父欲立叔齐，及父卒，叔齐让伯夷。伯夷曰："父命也。"遂逃去。叔齐亦不肯立而逃之。国人立其中子。于是伯夷、叔齐闻西伯昌善养老，"盍（hé）往归焉！"及至，西伯卒，武王载木主，号为文王，东伐纣。伯夷、叔齐叩马而谏曰："父死不葬，爰及干戈，

可谓孝乎？以臣弑君，可谓仁乎？"左右欲兵之，太公曰："此义人也。"扶而去之。武王已平殷乱，天下宗周，而伯夷、叔齐耻之，义不食周粟，隐于首阳山，采薇而食之。及饿且死，作歌。其辞曰："登彼西山兮，采其薇矣。以暴易暴兮，不知其非矣。神农、虞、夏忽焉没（mò）兮，我安适归矣？于嗟（xū jiē）徂（cú）兮，命之衰矣！"遂饿死于首阳山。由此观之，怨邪（yé）非邪？

　　或曰："天道无亲，常与善人。"若

伯夷、叔齐，可谓善人者非邪？积仁絜(jié)行如此而饿死！且七十子之徒，仲尼独荐颜渊为好学。然回也屡空，糟糠不厌，而卒蚤(zǎo)夭。天之报施善人，其何如哉？盗蹠(zhí)日杀不辜，肝人之肉，暴戾(lì)恣睢(zì suī)，聚党数千人，横行天下，竟以寿终，是遵何德哉？此其尤大彰明较著者也。若至近世，操行不轨，专犯忌讳，而终身逸乐，富厚累(lěi)世不绝；或择地而蹈之，时然后出言，行不由径，非公正不发愤，而遇祸灾者，不可胜数

也。余甚惑焉，傥（tǎng）所谓天道，是邪非邪？

子曰："道不同，不相为谋。"亦各从其志也。故曰："富贵如可求，虽执鞭之士，吾亦为之。如不可求，从吾所好（hào）。""岁寒，然后知松柏之后凋。"举世混浊，清士乃见（xiàn）。岂以其重若彼，其轻若此哉？

"君子疾没（mò）世而名不称焉。"贾子曰："贪夫徇（xùn）财，烈士徇名，夸者死权，众庶冯（píng）生。"同明相照，同类相求。"云从龙，风从虎，圣人作而万物睹。"伯夷、叔齐虽贤，得夫子而名益彰；颜渊虽笃学，附骥尾而行益显。岩穴之士，趋舍有时，若此类名堙（yīn）灭而不称，悲夫！闾（lǚ）巷之人，欲砥（dǐ）行立名者，非附青云之士，恶（wū）能施（yì）于后世哉！

史记·管晏列传　◎司马迁

管仲夷吾者，颍（yīng）上人也。少时常与鲍叔牙游，鲍叔知其贤。管仲贫困，常欺鲍叔，鲍叔终善遇之，不以为言。已而鲍叔事齐公子小白，管仲事公子纠。及小白立，为桓公，公子纠死，管仲囚焉。鲍叔遂进管仲。管仲既用，任政于齐，齐桓公以霸，九合诸侯，一匡天下，管仲之谋也。

管仲曰："吾始困时，尝与鲍叔贾（gǔ），分财利多自与，鲍叔不以我为贪，知我贫也。吾尝为鲍叔谋事而更穷困，鲍叔不以我为愚，知时有利不利也。吾尝三仕三见逐于君，鲍叔不以我为不肖，知我不遭时也。吾尝三战三走，鲍叔不以我为怯，知我有老母也。公子纠败，召（shào）忽死之，吾幽囚受辱，鲍叔不以我为无耻，知我不羞小节而耻功名不显于天下也。生我者父母，知我者鲍子也。"

鲍叔既进管仲，以身下之。子孙世禄于齐，有封邑者十余世，常为名大夫。天下不多管仲之贤而多鲍叔能知人也。

管仲既任政相齐，以区区之齐在海

滨，通货积财，富国强兵，与俗同好恶。故其称曰："仓廪实而知礼节，衣食足而知荣辱，上服度则六亲固。""四维不张，国乃灭亡。""下令如流水之源，令顺民心。"故论卑而易行。俗之所欲，因而予之；俗之所否，因而去之。其为政也，善因祸而为福，转败而为功。贵轻重，慎权衡。桓公实怒少姬，南袭蔡，管仲因而伐楚，责包茅不入贡于周室。桓公实北征山戎，而管仲因而令燕修召（shào）公之政。于柯之会，桓公欲背曹沫之约，管仲因而信之，诸侯由是归齐。故曰："知与之为取，政之宝也。"

管仲富拟于公室，有三归、反坫（diàn），齐人不以为侈（chǐ）。管仲卒，齐国遵其政，常强于诸侯。

后百余年而有晏子焉。

晏平仲婴者，莱（lái）之夷维人也。事齐灵公、庄公、景公，以节俭力行重于齐。既相齐，食不重（chóng）肉，妾不衣（yì）帛。其在朝，君语及之，即危言；语不及之，即危行。国有道，即顺命；无道，即衡命。以此三世

显名于诸侯。

越石父贤，在缧绁（léi xiè）中。晏子出，遭之途，解左骖（cān）赎之，载归。弗谢，入闺，久之。越石父请绝。晏子戄（jué）然，摄（shè）衣冠谢曰："婴虽不仁，免子于厄，何子求绝之速也？"石父曰："不然。吾闻君子诎（qū）于不知己而信（shēn）于知己者。方吾在缧绁中，彼不知我也。夫子既已感寤（wù）而赎我，是知己；知己而无礼，固不如在缧绁之中。"晏子于是延入为上客。

晏子为齐相，出，其御之妻从门间而窥其夫。其夫为相御，拥大盖，策驷马，意气扬扬，甚自得也。既而归，其妻请去。夫问其故，妻曰："晏子长不满六尺，身相齐国，名显诸侯。今者妾观其出，志念深矣，常有以自下者。今子长八尺，乃为人仆御，然子之意自以为足，妾是以求去也。"其后夫自抑（yì）损。晏子怪而问之，御以实对。晏子荐以为大夫。

太史公曰：吾读管氏《牧民》、《山高》、《乘马》、《轻重》、《九府》及《晏

子春秋》，详哉其言之也。既见其著书，欲观其行事，故次其传（zhuàn）。至其书，世多有之，是以不论，论其轶（yì）事。管仲世所谓贤臣，然孔子小之。岂以为周道衰微，桓公既贤，而不勉之至王，乃称霸哉？语曰"将顺其美，匡救其恶，故上下能相亲也"。岂管仲之谓乎？方晏子伏庄公尸哭之，成礼然后去，岂所谓"见义不为，无勇"者邪（yé）？至其谏说，犯君之颜，此所谓"进思尽忠，退思补过"者哉！假令晏子而在，余虽为之执鞭，所忻慕焉。

史记 · 屈原列传　　◎司马迁

　　屈原者，名平，楚之同姓也。为楚怀王左徒。博闻强志，明于治乱，娴于辞令。入则与王图议国事，以出号令；出则接遇宾客，应对诸侯。王甚任之。

　　上官大（dà）夫与之同列，争宠而心害其能。怀王使屈原造为宪令，屈平属（zhǔ）草稿未定。上官大夫见而欲夺之，屈平不与，因谗之曰："王使屈平为令，众莫不知，每一令出，平伐其功曰：以为'非我莫能为'也。"王怒而疏屈平。

　　屈平疾王听之不聪也，谗谄（chán

chǎn）之蔽明也，邪曲之害公也，方正之不容也，故忧愁幽思而作《离骚》。离骚者，犹离忧也。夫天者，人之始也；父母者，人之本也。人穷则反本，故劳苦倦极，未尝不呼天也；疾痛惨怛（dá），未尝不呼父母也。屈平正道直行，竭忠尽智以事其君，谗人间（jiàn）之，可谓穷矣。信而见疑，忠而被谤，能无怨乎？屈平之作《离骚》，盖自怨生也。《国风》好色而不淫，《小雅》怨诽而不乱。若《离骚》者，可谓兼之矣。上称帝喾（kù），下道齐桓，中述汤、武，以刺世事。明道德之广崇，治乱之条贯，靡（mǐ）不毕见（xiàn）。其文约，其辞微，其志洁，其行廉，其称文小而其指极大，举类迩（ěr）而见（xiàn）义远。其志洁，故其称物芳。其行廉，故死而不容。自疏濯淖（zhuó nào）污泥之中，蝉蜕（tuì）于浊秽，以浮游尘埃之外，不获世之滋垢（gòu），皭（jiào）然泥（niè）而不滓（zǐ）者也。推此志也，虽与日月争光可也。

屈原既绌（chù），其后秦欲伐齐，

齐与楚从（zòng）亲，惠王患之，乃令张仪佯去秦，厚币委质事楚，曰："秦甚憎齐，齐与楚从亲，楚诚能绝齐，秦愿献商、於（wū）之地六百里。"楚怀王贪而信张仪，遂绝齐，使使如秦受地。张仪诈之曰："仪与王约六里，不闻六百里。"楚使怒去，归告怀王。怀王怒，大兴师伐秦。秦发兵击之，大破楚师于丹、淅（xī），斩首八万，虏（lǔ）楚将（jiàng）屈匄（gài），遂取楚之汉中地。怀王乃悉发国中兵，以深入击秦，战于蓝田。魏闻之，袭楚至邓。楚兵惧，自秦归。而齐竟怒不救楚，楚大困。

明年，秦割汉中地与楚以和。楚王曰："不愿得地，愿得张仪而甘心焉。"张仪闻，乃曰："以一仪而当汉中地，臣请往如楚。"如楚，又因厚币用事者臣靳尚，而设诡辩于怀王之宠姬郑袖。怀王竟听郑袖，复释去张仪。是时屈原既疏，不复在位，使于齐，顾反，谏怀王曰："何不杀张仪？"怀王悔，追张仪不及。

其后，诸侯共击楚，大破之，杀其将唐昧。

时秦昭王与楚婚，欲与怀王会。怀王欲行，屈平曰："秦，虎狼之国，不可信，不如无行。"怀王稚子子兰劝王行："奈何绝秦欢！"怀王卒行。入武关，秦伏兵绝其后，因留怀王，以求割地。怀王怒，不听。亡走赵，赵不内（nà）。复之秦，竟死于秦而归葬。

长子顷（qīng）襄王立，以其弟子兰为令尹。楚人既咎子兰以劝怀王入秦而不反也。

屈平既嫉之，虽放流，眷顾楚国，系心怀王，不忘欲反。冀幸君之一悟，俗之一改也。其存君兴国，而欲反覆之，一篇之中三致意焉。然终无可奈何，故不可以反，卒以此见怀王之终不悟也。人君无愚智、贤不肖，莫不欲求忠以自为，举贤以自佐，然亡国破家相随属（zhǔ），而圣君治国累（lěi）世而不见（xiàn）者，其所谓忠者不忠，而所谓贤者不贤也。怀王以不知忠臣之分，故内惑于郑袖，外欺于张仪，疏屈平而信上官大夫、令尹子兰。兵挫（cuò）地削，亡其六郡，身客死于秦，为天下笑。此不知人之祸也。《易》曰：

"井渫（xiè）不食，为我心恻（cè），可以汲（jí）。王明，并受其福。"王之不明，岂足福哉！

令尹子兰闻之大怒，卒使上官大夫短屈原于顷襄王，顷襄王怒而迁之。

屈原至于江滨，被（pī）发行吟泽畔，颜色憔悴，形容枯槁（kū gǎo）。渔父（fǔ）见而问之曰："子非三闾（lǚ）大夫欤（yú）？何故而至此?"屈原曰："举世混浊而我独清，众人皆醉而我独醒，是以见放。"渔父曰："夫圣人者，不凝滞于物而能与世推移。举世混浊，

何不随其流而扬其波？众人皆醉，何不
铺（bū）其糟而啜（chuò）其醨（lí）？
何故怀瑾握瑜（yú）而自令见放为？"
屈原曰："吾闻之，新沐者必弹冠，新
浴者必振衣，人又谁能以身之察察，受
物之汶汶（mén）者乎！宁赴常流而葬
乎江鱼腹中耳。又安能以皓皓之白而蒙
世之温蠖（huò）乎！"乃作《怀沙》之赋。

于是怀石遂自投汨（mì）罗以死。

屈原既死之后，楚有宋玉、唐勒
（lè）、景差（cuō）之徒者，皆好辞而
以赋见称。然皆祖屈原之从容辞令，终

莫敢直谏。其后，楚日以削，数十年竟为秦所灭。

自屈原沉汨罗后百有（yòu）余年，汉有贾生，为长沙王太傅，过湘水，投书以吊屈原。

太史公曰：余读《离骚》、《天问》、《招魂》、《哀郢（yǐng）》，悲其志。适长沙，观屈原所自沉渊，未尝不垂涕，想见其为人。及见贾生吊之，又怪屈原以彼其材，游诸侯，何国不容，而自令若是！读《鵩（fú）鸟赋》，同死生，轻去就，又爽然自失矣。

太史公自序 ◎司马迁

太史公曰："先人有言:'自周公卒五百岁而生孔子。孔子卒后至于今五百岁,有能绍(shào)明世,正《易传》,继《春秋》,本《诗》、《书》、《礼》、《乐》之际。'意在斯乎!意在斯乎!小子何敢让焉。"

上大夫壶遂曰:"昔孔子何为而作《春秋》哉?"太史公曰:"余闻董生曰:'周道衰废,孔子为鲁司寇,诸侯害之,大夫壅(yōng)之。孔子知言之不用,道之不行也,是非二百四十二年之中,以为天下仪表,贬天子,退诸侯,讨大夫,以达王事而已矣。'子曰:'我欲载

之空言，不如见（xiàn）之于行事之深切著明也。'夫《春秋》，上明三王之道，下辨人事之纪，别嫌疑，明是非，定犹豫，善善恶（wù）恶，贤贤贱不肖，存亡国，继绝世，补敝起废，王道之大者也。《易》著天地、阴阳、四时、五行，故长于变；《礼》经纪人伦，故长于行；《书》记先王之事，故长于政；《诗》记山川、豀谷、禽兽、草木、牝（pìn）牡、雌雄，故长于风；《乐（yuè）》乐（lè）所以立，故长于和；《春秋》辨是非，故长于治人。是故《礼》以节人，

《乐》以发和，《书》以道事，《诗》以达意，《易》以道化，《春秋》以道义。拨乱世反之正，莫近于《春秋》。《春秋》文成数万，其指数千。万物之散聚皆在《春秋》。《春秋》之中，弑君三十六，亡国五十二，诸侯奔走不得保其社稷者不可胜数。察其所以，皆失其本已。故《易》曰'失之毫厘，差以千里。'故曰'臣弑君，子弑父，非一旦一夕之故也，其渐久矣。'故有国者不可以不知《春秋》，前有谗而弗见，后有贼而不知。为人臣者不可以不知《春秋》，守经事而不知其宜，遭变事而不知其权。为人君父而不通于《春秋》之义者，必蒙首恶（è）之名。为人臣子而不通于《春秋》之义者，必陷篡（cuàn）弑之诛，死罪之名。其实皆以为善，为之不知其义，被之空言而不敢辞。夫不通礼义之旨，至于君不君，臣不臣，父不父，子不子。夫君不君则犯，臣不臣则诛，父不父则无道，子不子则不孝。此四行者，天下之大过也。以天下之大过予（yǔ）之，则受而弗敢辞。故《春秋》者，礼义之大宗也。夫礼禁未然之前，法施已然之后；法之所为用者易见，而礼之所为禁者难知。"

壶遂曰："孔子之时，上无明君，下不得任用，故作《春秋》，垂空文以断礼义，当一王之法。今夫子上遇明天子，下得守职，万事既具，咸各序其宜，夫子所论，欲以何明？"

太史公曰："唯唯，否否，不然。余闻之先人曰：'伏羲至纯厚，作《易》八卦；尧、舜之盛，《尚书》载之，礼乐作焉；汤、武之隆，诗人歌之。《春秋》采善贬恶（è），推三代之德，褒周室，非独刺

讯而已也。’汉兴以来，至明天子，获符瑞，建封禅，改正（zhēng）朔，易服色，受命于穆清，泽流罔（wǎng）极，海外殊俗，重（chóng）译款塞（sài），请来献见者，不可胜道。臣下百官力诵圣德，犹不能宣尽其意。且士贤能而不用，有国者之耻；主上明圣而德不布闻，有司之过也。且余尝掌其官，废明圣盛德不载，灭功臣、世家、贤大夫之业不述，堕（huī）先人所言，罪莫大焉。余所谓述故事，整齐其世传（zhuàn），非所谓作也，而君比之于《春秋》，谬矣。”

于是论次其文。七年而太史公遭李陵之祸，幽于缧绁（léi xiè）。乃喟（kuì）然而叹曰："是余之罪也夫！是余之罪也夫！身毁不用矣。"退而深惟曰："夫《诗》、《书》隐约者，欲遂其志之思也。昔西伯拘羑（yǒu）里，演《周易》；孔子厄（è）陈、蔡，作《春秋》；屈原放逐，著《离骚》；左丘失明，厥（jué）有《国语》；孙子膑（bìn）脚，而论兵法；不韦迁蜀，世传（chuán）《吕览》；韩非囚秦，《说难（shuì nán）》、《孤愤》；《诗》三百篇，大抵贤圣发愤之所为作也。此人皆意有所郁结，不得通其道也，故述往事，思来者。"于是卒述陶唐以来，至于麟止，自黄帝始。

报任少卿书 ◎司马迁

太史公牛马走司马迁再拜言。

少卿足下：曩（nǎng）者辱赐书，教以慎于接物，推贤进士为务。意气勤勤恳恳，若望仆不相师，而用流俗人之言。仆非敢如此也。仆虽罢（pí）驽（nú），亦尝侧闻长者之遗风矣。顾自以为身残处秽，动而见尤，欲益反损，是以独抑郁（yì）而谁与语。谚曰："谁为（wèi）为（wéi）之？孰令听之？"盖锺子期死，伯牙终身不复鼓琴。何则？士为知己者用，女为说（yuè）己者容。若仆大质已亏缺矣，虽才怀随、

和，行若由、夷，终不可以为荣，适足以见笑而自点耳。书辞宜答，会东从上来，又迫贱事，相见日浅，卒卒（cù）无须臾之间得竭志意。今少卿抱不测之罪，涉旬月，迫季冬，仆又薄（bó）从上雍，恐卒（cù）然不可为讳（huì）。是仆终已不得舒愤懑（mèn）以晓左右，则长逝者魂魄私恨无穷。请略陈固陋。阙然久不报，幸勿为过。

仆闻之：修身者，智之符也；爱施者，仁之端也；取予者，义之表也；耻辱者，勇之决也；立名者，行之极也。

士有此五者，然后可以托于世，而列于君子之林矣。故祸莫憯（cǎn）于欲利，悲莫痛于伤心，行莫丑于辱先，诟（gòu）莫大于宫刑。刑余之人，无所比数（shǔ），非一世也，所从来远矣。昔卫灵公与雍渠同载，孔子适陈；商鞅因景监（jiān）见（xiàn），赵良寒心；同子参乘（shèng），袁丝变色：自古而耻之。夫中材之人，事有关于宦竖，莫不伤气，而况于慷慨之士乎！如今朝廷虽乏人，奈何令刀锯之余荐天下之豪俊哉！仆赖先人绪业，得待罪辇（niǎn）

毂（gǔ）下，二十余年矣。所以自惟：上之，不能纳忠效信，有奇策材力之誉，自结明主；次之，又不能拾遗补阙，招贤进能，显岩穴之士；外之，不能备行（háng）伍，攻城野战，有斩将搴（qiān）旗之功；下之，不能积日累（lěi）劳，取尊官厚禄，以为宗族交游光宠。四者无一遂，苟合取容，无所短长之效，可见于此矣。向者，仆亦尝厕下大夫之列，陪奉外廷末议，不以此时引纲维，尽思虑，今已亏形为扫除之隶，在阘（tà）茸之中，乃欲仰首伸眉，论列是非，不亦轻朝廷、羞当世之士邪！嗟乎！嗟乎！如仆尚何言哉！尚何言哉！

且事本末未易明也。仆少负不羁之才，长无乡曲之誉，主上幸以先人之故，使得奉薄伎，出入周卫之中。仆以为戴盆何以望天，故绝宾客之知，亡（wàng）室家之业，日夜思竭其不肖之才力，务一心营职，以求亲媚于主上。而事乃有大谬不然者！

夫仆与李陵俱居门下，素非能相善也，趋舍（shě）异路，未尝衔杯酒、接殷勤之余欢。然仆观其为人自守奇

士，事亲孝，与士信，临财廉，取予（yǔ）义，分别有让，恭俭下人，常思奋不顾身以徇（xùn）国家之急。其素所蓄积也，仆以为有国士之风。夫人臣出万死不顾一生之计，赴公家之难，斯已奇矣。今举事一不当，而全躯保妻子之臣随而媒蘖（niè）其短，仆诚私心痛之。且李陵提步卒不满五千，深践戎马之地，足历王庭，垂饵虎口，横挑强胡，仰亿万之师，与单于（chán yú）连战十有余日，所杀过当，虏救死扶伤不给（jǐ）。旃（zhān）裘之君长咸震怖，乃悉征其左右贤王，举引弓之人，一国共攻而围之。转斗千里，矢尽道穷，救兵不至，士卒死伤如积。然陵一呼劳军，士无不起，躬自流涕，沫(huì)血饮泣，更张空弮(quān)，冒白刃，北向争死敌者。陵未没(mò)时，使有来报，汉公卿王侯皆奉觞(shāng)上寿。后数日，陵败书闻，主上为之食不甘味，听朝不怡(yí)。大臣忧惧，不知所出。仆窃不自料其卑贱，见主上惨怆(chuàng)怛(dá)悼，诚欲效其款款之愚。以为李陵素与士大夫绝甘

分少，能得人之死力，虽古之名将，不能过也。身虽陷败，彼观其意，且欲得其当而报于汉。事已无可奈何，其所摧败，功亦足以暴（pù）于天下矣。仆怀欲陈之，而未有路，适会召问，即以此指推言陵之功，欲以广主上之意，塞睚眦（yá zì）之辞。未能尽明，明主不晓，以为仆沮（jǔ）贰师，而为李陵游说（shuì），遂下于理。拳拳之忠，终不能自列，因为诬上，卒从吏议。家贫，货赂（lù）不足以自赎，交游莫救，左右亲近不为一言。身非木石，独与法吏为伍，深幽图圄（líng yǔ）之中，谁可告诉者！此真少卿所亲见，仆行事岂不然乎？李陵既生降（xiáng），隤（tuí）其家声，而仆又佴（èr）之蚕室，重为天下观笑。悲夫！悲夫！事未易一二为俗人言也。

仆之先非有剖符、丹书之功，文、史、星、历近乎卜、祝之间，固主上所戏弄，倡优所畜（xù），流俗之所轻也。假令仆伏法受诛，若九牛亡一毛，与蝼（lóu）蚁何以异？而世又不与能死节者比，特以为智穷罪极，不能自免，卒就

死耳。何也？素所自树立使然也。人固有一死，死或重于泰山，或轻于鸿毛，用之所趋异也。太上不辱先，其次不辱身，其次不辱理色，其次不辱辞令，其次诎（qū）体受辱，其次易服受辱，其次关木索、被箠（chuí）楚受辱，其次剔（tì）毛发、婴金铁受辱，其次毁肌肤、断肢体受辱，最下腐刑，极矣！传曰："刑不上大夫。"此言士节不可不勉励也。猛虎在深山，百兽震恐，及在槛阱（jiàn jǐng）之中，摇尾而求食，积威约之渐也。故士有画地为牢，势不可入，削木为吏，议不可对，定计于鲜也。今交手足，受木索，暴（pù）肌肤，受榜箠（péng chuí），幽于圜（yuán）墙之中，当此之时，见狱吏则头抢（qiāng）地，视徒隶则心惕息。何者？积威约之势也。及以至是，言不辱者，所谓强（qiǎng）颜耳，曷（hé）足贵乎！且西伯，伯也，拘于羑（yǒu）里；李斯，相也，具于五刑；淮阴，王也，受械于陈；彭越、张敖，南面称孤，系狱抵罪；绛（jiàng）侯诛诸吕，权倾五伯（bà），囚于请室；魏其（jī），

大将也，衣（yì）赭（zhě）衣，关三木；季布为朱家钳（qián）奴；灌夫受辱于居室。此人皆身至王侯将相，声闻邻国，及罪至罔加，不能引决自裁，在尘埃之中。古今一体，安在其不辱也？由此言之，勇怯，势也；强弱，形也。审矣，何足怪乎？夫人不能早自裁绳墨之外，以稍陵迟，至于鞭箠（chuí）之间，乃欲引节，斯不亦远乎！古人所以重施刑于大夫者，殆为此也。

夫（fú）人情莫不贪生恶（wù）死，念父母，顾妻子，至激于义理者不然，乃有所不得已也。今仆不幸早失父母，无兄弟之亲，独身孤立，少卿视仆于妻子何如哉？且勇者不必死节，怯夫慕义，何处不勉焉！仆虽怯懦欲苟活，亦颇识去就之分矣，何至自沉溺缧绁（léi xiè）之辱哉！且夫臧（zāng）获婢（bì）妾犹能引决，况仆之不得已乎？所以隐忍苟活，幽于粪土之中而不辞者，恨私心有所不尽，鄙陋没（mò）世，而文采不表于后世也。

古者富贵而名磨灭，不可胜记，唯倜傥（tì tǎng）非常之人称焉。盖文

王拘而演《周易》；仲尼厄（è）而作《春秋》；屈原放逐，乃赋《离骚》；左丘失明，厥有《国语》；孙子膑脚，《兵法》修列；不韦迁蜀，世传《吕览》；韩非囚秦，《说难（shuì nán）》、《孤愤》；《诗》三百篇，大底圣贤发愤之所为作也。此人皆意有所郁结，不得通其道，故述往事，思来者。乃如左丘无目，孙子断足，终不可用，退而论书策以舒其愤，思垂空文以自见（xiàn）。

　　仆窃不逊，近自托于无能之辞，网罗天下放失（yì）旧闻，略考其事，综其终始，稽其成败兴坏之纪，上计轩辕，下至于兹（zī），为十表、本纪十二、书八章、世家三十、列传七十，凡百三十篇。亦欲以究天人之际，通古今之变，成一家之言。草创未就，会遭此祸，惜其不成，是以就极刑而无愠色。仆诚以著此书，藏之名山，传之其人，通邑大都，则仆偿前辱之责（zhài），虽万被戮（lù），岂有悔哉！然此可为智者道，难为俗人言也！

且负下未易居，下流多谤议。仆以口语遇遭此祸，重（zhòng）为乡党所

戮（lù）笑，以污辱先人，亦何面目复上父母之丘墓乎？虽累（lěi）百世，垢弥甚耳！是以肠一日而九回，居则忽忽若有所亡，出则不知其所往。每念斯耻，汗未尝不发背沾衣也！身直为闺阁之臣，宁（nìng）得自引深藏岩穴邪（yé）？故且从俗浮沉，与时俯仰，以通其狂惑，今少卿乃教以推贤进士，无乃与仆私心剌（là）谬（miù）乎？今虽欲自雕琢，曼辞以自饰，无益，于俗不信，适足取辱耳。要之，死日然后是非乃定。书不能悉意，略陈固陋。谨再拜。

道　基　　　◎陆贾

传（zhuàn）曰："天生万物，以地养之，圣人成之。"功德参合，而道术生焉。

故曰：张日月，列星辰，序四时，调阴阳，布气治性，次置五行，春生夏长，秋收冬藏，阳生雷电，阴成霜雪，养育群生，一茂一亡，润之以风雨，曝（pù）之以日光，温之以节气，降之以殒（yǔn）霜，位之以众星，制之以斗（dǒu）衡，苞之以六合，罗之以纪纲，改之以灾变，告之以祯（zhēn）祥，动之以生杀，悟之以文章。

故在天者可见，在地者可量（liáng），在物者可纪，在人者可相（xiàng）。

故地封五岳，画四渎（dú），规洿（wū）泽，通水泉，树物养类，苞植万根，暴（pù）形养精，以立群生，不违天时，不夺物性，不藏其情，不匿其诈。

故知天者仰观天文，知地者俯察地理。跂（qí）行喘息，蜎（yuān）飞蠕（rú）动之类，水生陆行，根著（zhuó）叶长之属，为宁（níng）其心而安其性，盖天地相承，气感相应

（yìng）而成者也。

于是先圣乃仰观天文，俯察地理，图画乾坤，以定人道，民始开悟，知有父子之亲，君臣之义，夫妇之别，长幼之序。于是百官立，王道乃生。

民人食肉饮血，衣（yì）皮毛；至于神农，以为行虫走兽，难以养民，乃求可食之物，尝百草之实，察酸苦之味，教人食五谷。

天下人民，野居穴处（chǔ），未有室屋，则与禽兽同域。于是黄帝乃伐木构（gòu）材，筑作宫室，上栋下宇，以避风雨。

民知室居食谷，而未知功力。于是后稷（jì）乃列封疆，画畔（pàn）界，以分土地之所宜；辟（pì）土殖谷，以用养民；种桑麻，致丝枲（xǐ），以蔽形体。

当斯之时，四渎（dú）未通，洪水为害；禹乃决江疏河，通之四渎，致之于海，大小相引，高下相受，百川顺流，各归其所，然后人民得去高险，处（pǔ）平土。

川谷交错，风化未通，九州绝隔，未有舟车之用，以济深致远；于是奚仲乃楺（náo）曲为轮，因直为辕，驾马服牛，浮舟杖檝（jí），以代人力。

铄（shuò）金镂（lòu）木，分苞（páo）烧殖，以备器械，于是民知轻重，好（hào）利恶（wù）难，避劳就逸（yì）；于是皋陶（gāo yáo）乃立狱制罪，县（xuán）赏设罚，异是非，明好（hào）恶（wù），检奸邪，消佚（yì）乱。

民知畏法，而无礼义；于是中圣乃设辟雍（bì yōng）庠（xiáng）序之教，以正上下之仪，明父子之礼，君臣

之义，使强不凌弱，众不暴寡，弃贪鄙（bǐ）之心，兴清洁之行。

礼义不行，纲纪不立，后世衰废；于是后圣乃定五经，明六艺，承天统地，穷事察微，原情立本，以绪人伦，宗诸天地，纂（zuǎn）修篇章，垂诸来世，被诸鸟兽，以匡衰乱，天人合策，原道悉备，智者达其心，百工穷其巧，乃调（tiáo）之以管弦丝竹之音，设钟鼓歌舞之乐（yuè），以节奢侈，正风俗，通文雅。

后世淫邪，增之以郑、卫之音，民

弃本趋末，技巧横出，用意各殊，则加雕文刻镂（lòu），傅致胶漆丹青、玄黄琦玮之色，以穷耳目之好（hào），极工匠之巧。

夫驴骡骆驼，犀象瑇瑁（dài mào），琥珀（hǔ pò）珊瑚，翠羽珠玉，山生水藏，择地而居，洁清明朗，润泽而濡（rú），磨而不磷，涅（niè）而不淄（zī），天气所生，神灵所治，幽闲清净，与神浮沉，莫不效（xiào）力为用，尽情为器。故曰，圣人成之。所以能统物通变，治情性，显仁义也。

　　夫人者，宽博浩大，恢廓（kuò）密微，附远宁近，怀来万邦。故圣人怀仁仗义，分明纤（xiān）微，忖度（cǔn duó）天地，危而不倾，佚（yì）而不乱者，仁义之所治也。行之于亲近而疏（shū）远悦，修之于闺门之内而名誉驰于外。故仁无隐而不著，无幽而不彰者。虞舜蒸蒸于父母，光耀于天地；伯夷、叔齐饿于首阳，功美垂于万代；太公自布衣升三公之位，累世享千乘之爵；知（zhì）伯仗威任力，兼三晋而亡。

　　是以君子握道而治，据德而行，席

仁而坐，仗义而强，虚无寂寞，通动无量。故制事因短，而动益长，以圆制规，以矩立方。圣人王世，贤者建功，汤举伊尹，周任吕望，行合天地，德配阴阳，承天诛恶，克暴除殃，将气养物，明□设光，耳听八极，目睹四方，忠进谗退，直立邪亡，道行奸止，不得两张，□□本理，杜渐消萌。

夫谋事不并仁义者后必败，殖不固本而立高基者后必崩。故圣人防乱以经艺，工正曲以准绳。德盛者威广，力盛者骄众。齐桓公尚德以霸，秦二世尚刑

而亡。

故虐行则怨积，德布则功兴，百姓以德附，骨肉以仁亲，夫妇以义合，朋友以义信，君臣以义序，百官以义承，曾、闵以仁成大孝，伯姬以义建至贞，守国者以仁坚固，佐君者以义不倾，君以仁治，臣以义平，乡党以仁恂（xún）恂，朝廷以义便便（pián），美女以贞显其行，烈士以义彰其名，阳气以仁生，阴节以义降，鹿鸣以仁求其群，关雎以义鸣其雄，《春秋》以仁义贬绝，《诗》以仁义存亡，乾、坤以仁和合，八卦以义相承，《书》以仁叙九族，君臣以义制忠，《礼》以仁尽节，《乐(yuè)》以礼升降。

仁者道之纪，义者圣之学。学之者明，失之者昏，背之者亡。陈力就列，以义建功，师旅行(háng)阵，德仁为固，仗义而强，调气养性，仁者寿长，美才次德，义者行方。君子以义相褒，小人以利相欺，愚者以力相乱，贤者以义相治。《穀梁传》曰："仁者以治亲，义者以利尊。万世不乱，仁义之所治也。"

慎　微　　◎陆贾

　　夫建大功于天下者必先修于闺门之内，垂大名于万世者必先行之于纤微之事。是以伊尹负鼎，居于有莘（shēn）之野，修道德于草庐之下，躬执农夫之作，意怀帝王之道，身在衡门之里，志图八极之表，故释负鼎之志，为天子之佐，克夏立商，诛逆征暴，除天下之患，辟（bì）残贼之类，然后海内治，百姓宁。曾子孝于父母，昏定晨省（xǐng），调寒温，适轻重，勉之于糜（mí）粥之间，行（xíng）之于衽（rèn）席之上，而德美重于后世。此二者，修之于内，著之于外；行之于小，显之于大。

颜回一箪（dān）食，一瓢饮，在陋巷之中，人不堪其忧，回也不改其乐。礼以行之，逊以出之。盖力学而诵《诗》、《书》，凡人所能为也；若欲移江、河，动太山，故人力所不能也。如调（tiáo）心在己，背（bèi）恶（è）向善，不贪于财，不苟于利，分财取寡，服事取劳，此天下易知之道，易行之事也，岂有难哉？若造父之御马，羿之用弩，则所谓难也。君子不以其难为之也，故

不知以为善也，绝气力，尚德也。

夫目不能别黑白，耳不能别清浊，口不能言善恶，则所谓不能也。故设道者易见晓，所以通凡人之心，而达不能之行。道者，人之所行也。夫大道履之而行，则无不能，故谓之道。故孔子曰："道之不行也。"言人不能行之。故谓颜渊曰："用之则行，舍之则藏，惟我与尔有是夫。"言颜渊道施于世而莫之用。由人不能怀仁行义，分别纤微，忖度（cǔn duó）天地，乃苦身劳形，入深山，求神仙，弃二亲，捐骨肉，绝五谷，废《诗》《书》，背天地之宝，求不死之道，非所以通世防非者也。

若汤、武之君，伊、吕之臣，因天时而行罚，顺阴阳而运动，上瞻（zhān）天文，下察人心，以寡服众，以弱制强，革车三百甲卒三千，征敌破众，以报大仇，讨逆乱之君，绝烦浊之原，天下和平，家给（jǐ）人足，匹夫行仁，商贾（gǔ）行信，齐（zhāi）天地，致鬼神，河出图，洛出书，因是之道，寄之天地之间，岂非古之所谓得道者哉。

　　夫播布革，乱毛发，登高山，食木实，视之无优游之容，听之无仁义之辞，忽忽若狂痴，推之不往，引之不来，当世不蒙其功，后代不见其才，君倾而不扶，国危而不持，寂寞而无邻，寥廓而独寐，可谓避世，而非怀道者也。故杀身以避难则非计也，怀道而避世则不忠也。

　　是以君子居乱世，则合道德，采微善，绝纤恶（è），修父子之礼，以及君臣之序，乃天地之通道，圣人之所不失也。故隐之则为道，布之则为文，诗在心为志，出口为辞，矫（jiāo）以雅僻（pì），砥砺（dǐ lì）钝才，雕琢文彩，抑定狐疑，通塞（sè）理顺，分别然否，而情得以利，而性得以治，绵绵漠漠，以道制之，察之无兆，遁之恢恢，不见其行，不睹其仁，湛（zhàn）然未悟，久之乃殊，论思天地，动应枢机，俯仰进退，与道为依，藏之于身，优游待时。故道无废而不兴，器无毁而不治。孔子曰："有至德要道以顺天下。"言德行而其下顺之矣。

过秦论　◎贾谊

上　篇

秦孝公据殽（xiáo）函之固，拥雍州之地，君臣固守，以窥周室。有席卷天下，包举宇内，囊括四海之意，并吞八荒之心。当是时也，商君佐之，内立法度，务耕织，修守战之具；外连衡而斗诸侯。于是秦人拱手而取西河之外。

孝公既没（mò），惠文、武、昭襄蒙故业，因遗策，南取汉中，西举巴蜀，东割膏腴之地，北收要害之郡。诸侯恐惧，会盟而谋弱秦，不爱珍器、重宝、肥饶之地，以致天下之士，合从（zòng）缔交，相与为一。当此之时，齐有孟尝，赵有平原，楚有春申，魏有信陵。此四君者，皆明智而忠信，宽厚而爱人，尊贤而重士，约从（zòng）离衡，兼韩、魏、燕、赵、宋、卫、中山之众。于是六国之士，有宁（nìng）越、徐尚、苏秦、杜赫（hè）之属为（wèi）之谋，齐明、周最、陈轸（zhěn）、召（shào）滑、楼缓、翟（zhái）景、苏厉、乐（yuè）毅之徒通其意，吴起、孙膑、带佗（tuó）、兒良、王廖（liào）、田忌、廉颇、赵奢之伦制其兵。尝以什（shí）倍之地，百万之众，叩关攻秦。秦人开关延敌，九国之师逡（qūn）巡而不敢进。秦无亡矢（shǐ）遗镞（zú）之费，而天下诸侯已困矣。于是从（zòng）散（sàn）约解，争割地而赂秦。秦有余力而制其弊，追亡逐北，伏尸百万，流血漂橹（lǔ）。因利乘便，宰割天下，分裂山河。强国请服，弱国入朝。

延（yì）及孝文王、庄襄王，享国之日浅，国家无事。

及至始皇，奋六世之余烈，振长策而御宇内，吞二周而亡诸侯，履至尊而制六合，执敲朴以鞭笞（chī）天下，威振四海。南取百越之地，以为桂林、象郡，百越之君，俯（fǔ）首系颈（jǐng），委命下吏。乃使蒙恬（tián）北筑长城而守藩篱，却匈奴七百余里，胡人不敢南下而牧马，士不敢弯弓而报怨。于是废先王之道，焚（fén）百家之言，以愚黔首。隳（huī）名城，杀豪俊，收天下之兵聚之咸阳，销锋镝（dí），铸以为金人十二，以弱天下

之民。然后践华（huà）为城，因河为池，据亿丈之城，临不测之渊以为固。良将劲（jìng）弩（nǔ），守要害之处；信臣精卒，陈利兵而谁何。天下已定，始皇之心，自以为关中之固，金城千里，子孙帝王万世之业也。始皇既没（mò），余威震于殊俗。

然陈涉瓮牖（wèng yǒu）绳枢之子，氓（méng）隶之人，而迁徙之徒也，材能不及中人，非有仲尼、墨翟（dí）之贤，陶朱、猗（yī）顿之富，蹑（niè）足行伍之间，俛起阡陌（qiān mò）之中，率疲散之卒，将数百之众，转而攻秦。斩木为兵，揭竿为旗，天下云集而响应，赢粮而景（yǐng）从，山东豪俊遂并起而亡秦族矣。

　　且夫天下非小弱也，雍州之地，殽函之固，自若也；陈涉之位，不尊于齐、楚、燕、赵、韩、魏、宋、卫、中山之君也；锄櫌（yōu）、棘矜（qín），非铦（xiān）于钩、戟（jǐ）、长铩（shā）也；谪戍（zhé shù）之众，非抗于九国之师也；深谋远虑，行军用兵之道，非及曩（nǎng）时之士也。然而成败

异变，功业相反。试使山东之国与陈涉度（duó）长絜（xié）大，比权量力，则不可同年而语矣。然秦以区区之地，致万乘之势，序八州而朝（cháo）同列，百有（yòu）余年矣。然后以六合为家，殽函为宫。一夫作难（nàn）而七庙隳（huī），身死人手，为天下笑者，何也？仁义不施，而攻守之势异也。

中 篇

秦灭周祀，并海内，兼诸侯，南面称帝，以养四海。天下之士，斐

(fēi)然向风。若是，何也? 曰：近古之无王者久矣。周室卑微，五霸既灭，令不行于天下。是以诸侯力政，强凌弱，众暴寡，兵革不休，士民罢(pí)弊。今秦南面而王(wàng)天下，是上有天子也。既元元之民冀得安其性命，莫不虚心而仰上。当此之时，专威定功，安危之本，在于此矣。

秦王怀贪鄙之心，行自奋之智，不信功臣，不亲士民，废王道而立私爱，焚文书而酷刑法，先诈力而后仁义，以暴虐为天下始。夫兼并者高诈

力，安危者贵顺权，此言取与守不同术也。秦离战国而王（wàng）天下，其道不易，其政不改，是其所以取之守之者无异也。孤独而有之，故其亡可立而待也。借使秦王论上世之事，并殷、周之迹，以制御其政，后虽有淫骄之主，犹未有倾危之患也。故三王之建天下，名号显美，功业长久。

今秦二世立，天下莫不引领而观其政。夫寒者利裋褐（shù hè），而饥者甘糟糠（zāo kāng）。天下嚣嚣（áo），新主之资也。此言劳民之易为仁也。向使二世有庸主之行而任忠贤，臣主一心而忧海内之患，缟（gǎo）素而正先帝之过；裂地分民以封功臣之后，建国立君以礼天下；虚囹圄（líng yǔ）而免刑戮，去收孥（nú）污秽之罪，使各反其乡里；发仓廪，散（sàn）财币，以振孤独穷困之士；轻赋少事，以佐百姓之急；约法省刑，以持其后，使天下之人皆得自新，更（gēng）节修行，各慎其身；塞（sè）万民之望，而以盛德与天下，天下息矣。即四海之内皆欢然各自安乐其处（chǔ），惟恐有变。虽有狡害之民，无离上之心，则不轨之臣无以饰其智，而暴乱之奸弭（mǐ）矣。

二世不行此术，而重以无道：坏宗庙与民，更（gèng）始作阿房（ē páng）之宫；繁刑严诛，吏治刻深；赏罚不当（dàng），赋敛无度。天下多事，吏不能纪；百姓困穷，而主不收恤（xù）。然后奸伪并起，而上下相遁（dùn）；蒙罪者众，刑戮相望于道，而天下苦之。自群卿以下至于众庶，人怀自危之心，亲处（chū）穷苦之实，咸不安其位，故易动也。是以陈涉不用汤、武之贤，不借公侯之尊，奋臂于大泽，而天下响应者，其民危也。

故先王者，见终始不变，知存亡之由。是以牧民之道，务在安之而已矣。下虽有逆行之臣，必无响应之助。故曰："安民可与为义，而危民易与为非"，此之谓也。贵为天子，富有四海，身在于戮者，正之非也。是二世之过也。

下 篇

秦兼诸侯山东三十余郡，脩（xiū）津关，据险塞（sài），缮（shàn）甲

兵而守之。然陈涉率散（sǎn）乱之众数百，奋臂大呼，不用弓戟之兵，钼耰（chú yōu）白梃，望屋而食，横行天下。秦人阻险不守，关梁不闭，长戟不刺，强弩不射。楚师深入，战于鸿门，曾（zēng）无藩篱之难（nán）。于是山东诸侯并起，豪俊相立。秦使章邯（hán）将（jiàng）而东征，章邯因其三军之众，要（yāo）市于外，以谋其上。群臣之不相信，可见（xiàn）于此矣。子婴立，遂不悟。借使子婴有庸主之材而仅得中佐，山东虽乱，三秦之地可全而有，宗庙之祀宜未绝也。

　　秦地被（pī）山带河以为固，四塞（sài）之国也。自缪公以来至于秦王二十余君，常为诸侯雄。此岂世贤哉？其势居然也。且天下尝同心并力攻秦矣，然困于险阻而不能进者，岂勇力智慧不足哉？形不利、势不便也。秦虽小邑，伐并大城，守险塞而军，高垒毋战，闭关据阨，荷戟而守之。诸侯起于匹夫，以利会，非有素王之行也。其交未亲，其民未附，名曰亡秦，其实利之也。彼见秦阻之难

犯，必退师。案（ān）土息民以待其弊，收弱扶罢（pí）以令大国之君，不患不得意于海内。贵为天子，富有四海，而身为擒者，其救败非也。

秦王足已而不问，遂过而不变。二世受之，因而不改，暴虐以重祸。子婴孤立无亲，危弱无辅。三主之惑，终身不悟，亡不亦宜乎？当此时也，世也非无深谋远虑知化之士也，然所以不敢尽忠指过者，秦俗多忌讳（huì）之禁也，——忠言未卒于口而身糜没（mí mò）矣。故使天下之士倾耳而听，重（chóng）足而立，阖（hé）口而不言。是以三主失道，而忠臣不谏，智士不谋也。天下已乱，奸不上闻，岂不悲哉！先王知壅（yōng）蔽之伤国也，故置公卿、大夫、士，以饰（chì）法设刑而天下治。其强也，禁暴诛乱而天下服；其弱也，五霸征而诸侯从；其削也，内守外附而社稷存。故秦之盛也，繁法严刑而天下震；及其衰也，百姓怨而海内叛矣。故周王序得其道，千余载不绝；秦本末并失，故不能长。由是观之，安危之统相去远矣。

鄙谚曰："前事之不忘，后事之师也。"是以君子为国，观之上古，验之当世，参之人事，察盛衰之理，审权势之宜，去就有序，变化因时，故旷日长久而社稷安矣。

王 道　　◎董仲舒

《春秋》何贵乎元而言之？元者，始也，言本正也。道，王道也。王者，人之始也。王正，则元气和顺、风雨时、景星见（xiàn），黄龙下。王不正则上变天，贼气并见（xiàn）。五帝三王之治天下，不敢有君民之心，什（shí）一而税。教以爱，使以忠，敬长老，亲亲而尊尊，不夺民时，使民不过岁三日。民家给（jǐ）人足，无怨望忿怒之患、强弱之难，无谗贼妒疾之人。民修德而美好，被（pī）发衔（xiān）哺而游，不慕富贵，耻恶（è）不犯。

汉代文选

父不哭子，兄不哭弟。毒虫不螫（shì），猛兽不搏，抵（zhì）虫不触。故天为之下甘露，朱草生，醴（lǐ）泉出，风雨时，嘉禾兴，凤凰麒麟游于郊。囹圄（líng yǔ）空虚，画衣裳而民不犯。四夷传译而朝（cháo）。民情至朴而不文。郊天祀地，秩山川，以时至，封于泰山，禅（shàn）于梁父（fǔ）。立明堂，宗祀先帝，以祖配天，天下诸侯各以其职来祭。贡土地所有，先以入宗庙，端冕盛服而后见先，德恩之报，奉先之应也。

　　桀、纣皆圣王之后，骄溢（yì）妄行。侈宫室，广苑囿（yòu），穷五采之变，极饬（chì）材之工，困野兽之足，竭山泽之利，食类恶之兽。夺民财食，高雕文刻镂（lòu）之观（guàn），尽金玉骨象之工，盛羽旄（máo）之饰，穷白黑之变。深刑妄杀以陵下，听郑、卫之音，充倾宫之志，灵虎兕（sì）文采之兽。以希见之意，赏佞（nìng）赐谗。以糟为丘，以酒为池。孤贫不养，杀圣贤而剖（pōu）其心，生燔（fán）人闻其臭（xiù），剔（tī）孕妇

见其化，斮（zhuó）朝（zhāo）涉之
足察其拇，杀梅伯以为醢（hǎi），刑鬼
侯之女取其环。诛求无已。天下空虚，
群臣畏恐，莫敢尽忠，纣愈自贤。周发
兵，不期会于孟津者八百诸侯，共诛
纣，大亡天下。《春秋》以为戒，曰："蒲
（pú）社灾。"周衰，天子微弱，诸侯
力政，大夫专国，士专邑，不能行度制
法文之礼，诸侯背叛，莫修贡聘（pìn），
奉献天子。臣弑其君，子弑其父，孽
（niè）杀其宗，不能统理，更（gēng）
相伐锉（cuò）以广地。以强相胁，不

能制属。强奄弱，众暴寡，富使贫，并兼无已。臣下上僭（jiān），不能禁止。日为之食，星霣（yǔn）如雨（yù），雨螽（zhōng），沙鹿崩。夏大雨（yù）水，冬大雨（yù）雪，霣石于宋五，六鹢（yì）退飞。霣霜不杀草，李梅冬实。正（zhèng）月不雨（yù），至于秋七月。地震，梁山崩，壅河，三日不流。昼晦（huì）。彗星见（xiàn）于东方，孛（bèi）于大辰。鹳鹆（guàn yù）来巢，《春秋》异之。以此见（xiàn）悖（bèi）乱之征。孔子明得失，差（chā）贵贱，反王道之本。讥天王以致太平。刺恶（è）讥微，不遗小大，善无细而不举，恶无细而不去，进善诛恶，绝诸本而已矣。

天王使宰咺（xuān）来归（kuì）惠公仲子之赗（fèng），刺不及事也；天王伐郑，讥亲也；会王世子，讥微也。祭（zhài）公来逆王后，讥失礼也。刺家父求车，武氏、毛伯求赙（fù）金。王人救卫，王师败于贸戎。天王不养，出居于郑，杀母弟，王室乱，不能及外，分为东、西周，无以先天下。召卫侯不能致，遣子突征卫不能绝，伐郑不能从，无骇（hài）灭极不能诛。诸侯得以大乱，篡（cuàn）弑无已。臣下上逼，僭（jiàn）拟天子。诸侯强者行威，小国破灭。晋至三侵周，与天王战于贸戎而大败之。戎执凡伯于楚丘以归。诸侯本怨随恶（wù），发兵相破，夷人宗庙社稷，不能统理。臣子强，至弑其君父。法度废而不复用，威武绝而不复行。故郑、鲁易地，晋文再致天子。齐桓会王世子，擅封邢、卫、杞，横行中国，意欲王（wàng）天下。鲁

舞八佾，北祭泰山，郊天祀地，如天子之为。以此之故，弑君三十二，亡国五十二。细恶（è）不绝之所致也。

《春秋》立义：天子祭天地，诸侯祭社稷，诸山川不在封内不祭。有天子在，诸侯不得专地，不得专封，不得专执天子之大夫，不得舞天子之乐（yù），不得致天子之赋，不得适（dí）天子之贵。君亲无将，将而诛。大夫不得世，大夫不得废置君命。立适（dí），以长（zhǎng）不以贤，立子以贵不以长，立夫人以适（dí）不以妾。天子不臣母后之党。亲近以来远，未有不先近而致远者也。故内其国而外诸夏，内诸夏而外夷狄，言自近者始也。

诸侯来朝者得襃（bāo），邾娄（zhū lóu）、仪父称字，滕（téng）、薛（xuē）称侯，荆（jīng）得人，介葛卢得名。内出言如，诸侯来曰朝，大夫来曰聘，王道之意也。诛恶而不得遗细大，诸侯不得为匹夫兴师，不得执天子之大夫，执天子之大夫与伐国同罪，执凡伯言伐。献八佾，讳八言六。郑、鲁易地，讳易言假。晋文再致天子，讳致言狩。桓公存邢、卫、杞，不见（xiàn）《春秋》，内心予之，行法绝而不予（yǔ），止乱之道也，非诸侯所当为也。《春秋》之义，臣不讨贼，非臣也。子不复仇，非子也。故诛赵盾贼不讨者，不书葬，臣子之诛也。许世子止不尝药，而诛为弒父，楚公子比胁而立，而不免于死。齐桓、晋文擅封，致天子，诛乱、继绝、存亡，侵伐会同，常为本主。曰：桓公救中国，攘夷狄，卒服楚，至为王者事。晋文再致天子，皆止不诛，善其牧诸侯，奉献天子而服周室，《春秋》予之为伯（bà），诛意不诛辞之谓也。

鲁隐之代桓立，祭（zhài）仲之出忽立突，仇（qiú）牧、孔父（fǔ）、荀息之死节，公子目夷不与楚国，此皆执权存国，行正世之义，守惓（quán）惓之心，《春秋》嘉气义焉，故皆见（xiàn）之，复正之谓也。夷狄邾娄（zhū lóu）人、牟（móu）人、葛人，为其天王崩而相朝聘（cháo pìn）也，此其诛也。杀世子母弟直称君，明失亲亲也。鲁季子之免罪，吴季子之让国，明亲亲之恩也。阍（hūn）杀吴子余祭（zhài），见（xiàn）刑人之不可近。郑伯髡（kūn）原卒于会，讳弑，痛强臣专君，君不得为善也。卫人杀州吁（yù），齐人杀无知，明君臣之义，守国之正也。卫人立晋，美得众也。君将（jiàng）不言率师，重君之义也。正月，公在楚，臣子思君，无一日无君之意也。诛受令，恩卫葆（bǎo），以正图围之平也。言围成，甲午祠（cí）兵，以别迫胁之罪，诛意之法也。作南门，刻桷，丹楹（yíng），作雉（zhì）门及

两观（guàn），筑三台，新延厩（jiù），
讥骄溢不恤下也。故臧（zāng）孙辰
请籴（dí）于齐，孔子曰："君子为国，
必有三年之积。一年不熟乃请籴，失君
之职也。"诛犯始者，省（shěng）刑
绝恶，疾始也。大夫盟于澶渊（chán
yuān），刺大夫之专政也。诸侯会同，
贤为主，贤贤也。

　　《春秋》纪纤芥（xiān jiè）之失，
反之王道。追古贵信，结言而已，不至
用牲（shēng）盟而后成约。故曰：齐
侯、卫侯胥（xū）命于蒲。《传》曰：

"古者不盟，结言而退。"宋伯姬曰："妇人夜出，傅母不在，不下堂。"曰："古者周公东征，则西国怨。"桓公曰："无贮（zhù）粟，无鄣（zhàng）谷，无易树子，无以妾为妻。"宋襄（xiāng）公曰："不鼓不成列，不阨（è）人。"庄王曰："古者杅（yú）不穿，皮不蠹（dù），则不出。"君子笃于礼，薄于利，要其人不要其土，告从不赦，不祥。强不陵弱。齐顷公吊死视疾，孔父正色而立于朝，人莫过而致难乎其君，齐国佐不辱君命而尊齐侯，此《春秋》之救文以质也。救文以质，见天下诸侯所以失其国者亦有焉。潞（lù）子欲合中国之礼义，离乎夷狄，未合乎中国，所以亡也。吴王夫差行强于越，臣人之主，妾人之妻，卒以自亡，宗庙夷，社稷灭。其可痛也。长（zhǎng）王投死，於戏（wū hū），岂不哀哉！晋灵行无礼，处（chǔ）台上弹（tán）群臣，枝解宰人而弃之，漏阳处父之谋，使阳处（chǔ）父（fǔ）死。及患赵盾之谏，欲杀之，卒为赵盾所弑。晋献公行逆理，杀世子申生，以骊姬立奚齐、卓子，皆杀死，

国大乱，四世乃定，几（jī）为秦所灭，从骊（lí）姬起也。楚平王行无度，杀伍子胥（xū）父兄。蔡昭公朝之，因请其裘（qiú），昭公不与。吴王非之。举兵加楚，大败之。君舍（shè）乎君室，大夫舍乎大夫室，妻（qì）楚王之母，贪暴之所致也。晋厉公行暴道，杀无罪人，一朝（zhāo）而杀大臣三人。明年，臣下畏恐，晋国杀之。陈侯佗（tuó）淫乎蔡，蔡人杀之。古者诸侯出疆必具左右，备一师，以备不虞。今陈侯恣（zì）以身出入民间，至死间

(lú) 里之庸，甚非人君之行也。

宋闵公矜 (jīn) 妇人而心妒，与大夫万博。万誉鲁庄公曰："天下诸侯宜为君者，唯鲁侯尔。"闵公妒其言，曰："此虏也，尔虏焉知鲁侯之美恶 (è) 乎?"致万怒，搏闵公绝脰 (dòu)。此以与臣博之过也。古者人君立于阴，大夫立于阳，所以别位，明贵贱。今与臣相对而博，置妇人在侧，此君臣无别也。故使万称他国，卑闵公之意，闵公藉万而身与之博，下君自置。有 (yòu) 辱于妇人之房，俱而矜妇人，独得杀死之道也。《春秋传》曰："大夫不适(dí)君。"远此逼也。梁内役民无已。其民不能堪，使民比地为伍，一家亡，五家杀刑。其民曰："先亡者封，后亡者刑。"君者将使民以孝于父母，顺于长老，守丘墓，承宗庙，世世祀其先。今求财不足，行罚如将不胜，杀戮如屠，仇雠(chóu)其民，鱼烂而亡，国中尽空。《春秋》曰："梁亡。"亡者自亡也，非人亡之也。

虞公贪财，不顾其难(nàn)，快耳悦目，受晋之璧、屈产之乘

(shèng)，假晋师道，还（huán）以自灭。宗庙破毁，社稷不祀，身死不葬，贪财之所致也。故《春秋》以此见（xiàn）物不空来，宝不虚出，自内出者，无匹不行，自外至者，无主不止，此其应也。楚灵王行强乎陈、蔡，意广以武，不顾其行，虑所美，内罢（pí）其众。干豁（xī）有物女，水尽则女见（xiàn），水满则不见。灵王举发其国而役，三年不罢，楚国大怨。有（yòu）行暴意，杀无罪臣成然，楚国大懑（mèn）。公子弃疾卒令灵王父子

自杀而取其国。虞不离津泽，农不去畴（chóu）土，而民相爱也。此非盈意之过耶（yé）？鲁庄公好宫室，一年三起台。夫人内淫两弟，弟兄子父相杀。国绝莫继，为齐所存，夫人淫之过也。妃匹贵妾，可不慎邪？

此皆内自强从心之败己，见自强之败，尚（tǎng）有正谏而不用，卒皆取亡。曹羁（jī）谏其君曰："戎众以无义，君无自适（dí）。"君不听，果死戎寇。伍子胥谏吴王，以为越不可不取，吴王不听，至死伍子胥，还九年，

越果大灭吴国。秦穆公将袭郑，百里、
蹇（jiǎn）叔谏曰："千里而袭人者，未
有不亡者也。"穆公不听。师果大败殽
（xiáo）中，匹马只（zhī）轮无反者。
晋假道虞，虞公许之。宫之奇谏曰：
"唇亡齿寒，虞、虢之相救，非相赐也，
君请勿许。"虞公不听，后虞果亡于晋。

　　《春秋》明此，存亡之道可观也。
观乎蒲社，知骄溢之罚。观乎许田，知
诸侯不得专封。观乎齐桓、晋文、宋
襄、楚庄，知任贤奉上之功。观乎鲁隐、
祭（zhài）仲、叔武、孔父、荀息、仇

（qiú）牧、吴季子、公子目夷，知忠臣之效。观乎楚公子比，知臣子之道，效死之义。观乎潞子，知无辅自诅（zǔ）之败。观乎公在楚，知臣子之恩。观乎漏言，知忠道之绝。观乎献六羽，知上下之差。观乎宋伯姬，知贞妇之信。观乎吴王夫差，知强陵弱。观乎晋献公，知逆理近色之过。观乎楚昭王之伐蔡，知无义之反。观乎晋厉之妄杀无罪，知行暴之报。观乎陈佗（tuó）、宋闵，知妒淫之祸。观乎虞公、梁亡，知贪财枉法之穷。观乎楚灵，知苦民之壤。观乎鲁庄之起台，知骄奢淫泆之失。观乎卫侯朔（shuò），知不即召之罪。观乎执凡伯，知犯上之法。观乎晋郤（xì）缺之伐邾娄，知臣下作福之诛。观乎公子翬（huī），知臣窥君之意。观乎世卿，知移权之败。故明王视于冥冥，听于无声，天覆地载，天下万国，莫敢不悉靖其职受命者，不示臣下以知（zhì）之至也。故道同则不能相先，情同则不能相使，此其教也。由此观之，未有去人君之权，能制其势者也；未有贵贱无差，能全其位者也。故君子慎之。

仁 义 法　　◎董仲舒

《春秋》之所治，人与我也。所以治人与我者，仁与义也。以仁安人，以义正我，故仁之为言人也，义之为言我也，言名以别矣。仁之于人，义之与我者，不可不察也。众人不察，乃反以仁自裕，而以义设人。诡其处而逆其理，鲜（xiǎn）不乱矣。是故人莫欲乱，而大抵常乱。凡以暗于人我之分，而不省（xǐng）仁义之所在也。是故《春秋》为仁义法。仁之法在爱人，不在爱我。义之法在正我，不在正人。我不自正，虽能正人，弗予（yǔ）为义。人不被其爱，虽厚自爱，不予为仁。

昔者晋灵公杀膳宰以淑饮食，弹大夫以娱其意，非不厚自爱也，然而不得为淑人者，不爱人也。质于爱民，以下至于鸟兽昆虫莫不爱。不爱，奚足谓仁？仁者，爱人之名也。隽（juàn），《传》无大之之辞。自为追，则善其所恤远也。兵已加焉，乃往救之，则弗美。未至豫备之，则美之，善其救害之先也。夫救蚤（zǎo）而先之，则害无由起，而天下无害矣。然则观物之动，而先觉（jué）其萌，绝乱塞害于将然

而未形之时，《春秋》之志也，其明至矣。非尧、舜之智，知礼之本，孰能当此？故救害而先知之，明也。公之所恤远，而《春秋》美之。详其美恤远之意，则天地之间然后快其仁矣。非三王之德，选贤之精，孰能如此？是以知明先，以仁厚远。远而愈贤、近而愈不肖者，爱也。故王者爱及四夷，霸者爱及诸侯，安者爱及封内，危者爱及旁侧，亡者爱及独身。独身者，虽立天子诸侯之位，一夫之人耳，无臣民之用矣。如此者，莫之亡而自亡也。《春秋》不言伐梁者，而言梁亡，盖爱独及其身者也。故曰仁者爱人，不在爱我，此其法也。

义云者，非谓正人，谓正我。虽有乱世枉上，莫不欲正人。奚谓义？昔者楚灵王讨陈、蔡之贼，齐桓公执袁涛涂之罪，非不能正人也，然而《春秋》弗予，不得为义者，我不正也。阖（hé）庐能正楚、蔡之难矣，而《春秋》夺之义辞，以其身不正也。潞（lù）子之于诸侯，无所能正，《春秋》予之有义，其身正也，趋而利也。故曰义在正

我，不在正人，此其法也。夫我无之而求诸人，我有之而诽（fěi）诸人，人之所不能受也。其理逆矣，何可谓义？义者，谓宜在我者。宜在我者，而后可以称义。故言义者，合我与宜，以为一言。以此操之，义之为言我也。故曰有为而得义者，谓之自得；有为而失义者，谓之自失。人好义者，谓之自好；人不好（hào）义者，谓之不自好。以此参之，义，我也，明矣。

是义与仁殊。仁谓往，义谓来，仁大远，义大近。爱在人谓之仁，义在我谓之义。仁主人，义主我也。故曰仁者人也，义者我也，此之谓也。君子求仁义之别，以纪人我之间，然后辨乎内外之分，而著于顺逆之处也。是故内治反理以正身，据礼以劝福。外治推恩以广施，宽制以容众。孔子谓冉子曰："治民者先富之，而后加教。"语（yù）樊迟曰："治身者，先难后获。"以此之谓治身之与治民，所先后者不同焉矣。《诗》曰："饮（yìn）之食（sì）之，教之诲之。"先饮食而后教诲，谓治人也。又曰："坎坎伐辐，彼君子兮，不

素餐兮。"先其事，后其食，谓治身也。
《春秋》刺上之过，而矜下之苦，小恶
在外弗举，在我书而诽（fěi）之。凡
此六者，以仁治人，义治我，躬自厚而
薄责于外，此之谓也。且《论（lún）》
已见（xiàn）之，而人不察，曰君子
攻其恶，不攻人之恶。不攻人之恶，非
仁之宽与？自攻其恶，非义之全与？此
之谓仁造人，义造我，何以异乎？故自
称其恶谓之情；称人之恶谓之贼；求诸
己谓之厚，求诸人谓之薄；自责以备谓
之明；责人以备谓之惑。是故以自治之

节治人，是居上不宽也；以治人之度自治，是为礼不敬也。为礼不敬，则伤行而民弗尊；居上不宽，则伤厚而民弗亲。弗亲则弗信，弗尊则弗敬。二端之政诡于上而僻行之，则诽（fěi）于下，仁义之处（chǔ）可无论乎？夫目不视弗见，心弗论不得。虽有天下之至味，弗嚼（jué）弗知其旨也；虽有圣人之至道，弗论不知其义也。

西 都 赋 ◎班固

有西都宾问于东都主人曰：盖闻皇汉之初经营也，尝有意乎都河洛矣，辍（chuò）而弗康，实用西迁，作我上都。主人闻其故而睹其制乎？主人曰：未也。愿宾摅（shū）怀旧之蓄念，发思古之幽情，博我以皇道，弘我以汉京。宾曰：唯唯。

汉之西都，在于雍州，实曰长安。左据函谷二崤之阻，表以太华（huà）终南之山；右界褒斜（yé）陇首之险，带以洪河泾渭之川。众流之隈（wēi），汧（qiān）涌其西。华实之毛，则九州之上腴（yú）焉；防御之阻，则天地之隩（ào）区焉。是故横被六合，三成帝畿（jī）。周以龙兴，秦以虎视。及至大汉受命而都之也，仰悟东井之精，俯协《河图》之灵，奉春建策，留侯演成。天人合应，以发皇明。乃眷西顾，实惟作京。

于是睎（xī）秦岭，睋（é）北阜，挟（xié）沣灞，据龙首。图皇基于亿载（zǎi），度（duó）宏规而大起。肇（zhào）自高而终平，世增饰以崇丽，历十二之延祚（zuò），故穷泰而极

侈。建金城而万雉，呀（xiā）周池而成渊。披三条之广路，立十二之通门。内则街衢（qú）洞达，闾阎（lǘ yán）且千。九市开场，货别隧分。人不得顾，车不得旋。阗（tián）城溢郭，旁流百廛（chán），红尘四合，烟云相连。

于是既庶且富，娱乐无疆。都（dū）人士女，殊异乎五方。游士拟于公侯，列肆侈（chǐ）于姬姜。乡曲豪举，游侠之雄。节慕原尝，名亚春陵，连交合众，骋骛（chěng wù）乎其中。若乃观其四郊，浮游近县，则南望杜霸，北眺（tiào）五陵。名都对郭，邑居相承。英俊之域，绂（fú）冕所兴（xīng），冠（guàn）盖如云，七相（xiàng）五公，与乎州郡之豪杰，五都之货殖，三选七迁，充奉陵邑。盖以强干弱枝，隆上都而观万国也。

封畿之内，厥土千里，逴跞（chuō luò）诸夏，兼其所有。其阳则崇山隐天，幽林穹谷，陆海珍藏，蓝田美玉。商洛缘其隈（wēi），鄠（hù）杜滨其足，源泉灌注，陂（bēi）池交属（zhǔ）。竹林果园，芳草甘木，郊野之富，号

为近蜀。其阴则冠（guàn）以九峻（zōng），陪以甘泉，乃有灵宫，起乎其中。秦汉之所极观，渊云之所颂叹，于是乎存焉。下有郑白之沃，衣食之源。提封五万，疆場（yì）绮（qǐ）分。沟塍（chéng）刻镂，原隰（xí）龙鳞。决渠降雨，荷（hè）插成云。五谷垂颖，桑麻铺棻（fēn）。东郊则有通沟大漕，溃渭洞河。泛舟山东，控引淮湖，与海通波。西郊则有上囿（yòu）禁苑，林麓薮（sǒu）泽，陂池（pō tuó）连乎蜀汉。缭（liáo）以周墙，四百余里。离宫别馆，三十六所。神池灵沼，往往而在。其中乃有九真之麟，大宛（yuān）之马，黄支之犀，条支之鸟。逾昆仑，越巨海，殊方异类，至于三万里。

其宫室也，体象乎天地，经纬乎阴阳。据坤灵之正位，仿（fǎng）太紫之圆方。树中天之华阙（què），丰冠山之朱堂。因瑰材而究奇，抗应（yìng）龙之虹梁。列棼（fén）橑（liǎo）以布翼，荷（hè）栋桴（fú）而高骧（xiāng）。雕玉磌（tián）以

居楹，裁金璧以饰珰（dāng）。发五色之渥（wò）彩，光焰朗以景（yǐng）彰。于是左墄（qī）右平，重（chóng）轩三阶，闺房周通，门闼（tà）洞开。列钟虡（jù）于中庭，立金人于端闱（wéi）。仍增（céng）崖而衡阈（yù），临峻路而启扉。徇（xùn）以离宫别寝，承以崇台闲馆，焕若列宿（xiù），紫宫是环。清凉宣温，神仙长年，金华（huā）玉堂，白虎麒麟，区宇若兹，不可殚（dān）论。增（céng）盘崔嵬（cuī wéi），登降炤（zhào）烂。

殊形诡制，每各异观。乘茵步辇，惟所息宴。后宫则有掖庭椒房，后妃之室，合欢增城，安处常宁，茞（chén）若椒风，披香发越，兰林蕙草，鸳鸯飞翔之列。昭阳特盛（shèng），隆乎孝成。屋不呈材，墙不露形。裛（yì）以藻绣，络以纶连。随侯明月，错落其间。金钢（gāng）衔璧，是为列钱。翡翠火齐（jì），流耀含英。悬黎垂棘，夜光在焉。于是玄墀（chí）釦（kòu）砌（qì），玉阶彤庭。碝碱（ruǎn qì）彩致，琳珉（mín）青荧。珊瑚碧树，周

阿（ē）而生。红罗飒缅（sà lí），绮组缤纷。精曜（yào）华烛，俯仰如神。后宫之号，十有（yòu）四位。窈窕繁华，更（gēng）盛迭（dié）贵。处乎斯列者，盖以百数（shǔ）。

左右庭中，朝堂百寮（liáo）之位，萧曹魏邴，谋谟（mó）乎其上。佐命则垂统，辅翼则成化。流大汉之恺（kǎi）悌，荡亡秦之毒螫（shì）。故令斯人扬乐（yuè）和之声，作画一之歌。功德著乎祖宗，膏泽洽乎黎庶。又有天禄石渠，典籍之府，命夫敦诲故老，名儒师傅，讲论乎六艺，稽合乎同异。又有承明金马，著作之庭，大雅宏达，于兹为群。元元本本，殚见洽闻。启发篇章，校（jiào）理秘文。周以钩陈之位，卫以严更（gēng）之署，总礼官之甲科，群百郡之廉孝。虎贲（bēn）赘（zhuì）衣，阉尹阍（hūn）寺，陛戟（jǐ）百重（chóng），各有典司。

周庐千列，徼（jiào）道绮错。辇路经营，修除飞阁。自未央而连桂宫，北弥明光而亘（gèn）长乐。凌隥（dèng）道而超西墉，掍（hùn）建章

而连外属（zhǔ）。设璧门之凤阙，上
觚稜（gū léng）而栖金爵（què）。内
则别风之嶕峣（jiāo yáo），眇（miǎo）
丽巧而耸擢（zhuó）。张千门而立万户，
顺阴阳以开阖（hé）。尔乃正殿崔嵬，
层构厥高，临乎未央。经骀（dài）荡
而出馺娑（sà suō），洞枍（yì）诣（yì）
以与天梁。上反宇以盖戴，激日景
（yǐng）而纳光。神明郁其特起，遂偃
蹇（jiǎn）而上跻（jī）。轶（yì）云雨
于太半，虹霓迴（huí）带于棼（fén）
楣。虽轻迅与僄（piào）狡，犹愕眙

（chì）而不能阶。攀井干而未半，目眴（xuàn）转而意迷。舍櫺（líng）槛（jiàn）而却倚，若颠坠而复稽。魂怳（huǎng）怳以失度，巡回涂而下低。既惩惧于登望，降（jiàng）周流以徬徨（páng huáng）。步甬道以萦纡（yū），又杳篠（tiǎo）而不见阳。排飞闼（tà）而上出，若游目于天表，似无依而洋洋。前唐中而后太液，览沧海之汤（shāng）汤。扬波涛于碣（jié）石，激神岳之蟒（qiāng）蟒。滥瀛洲与方壶，蓬莱起乎中央。于是灵草冬

荣，神木丛生。岩峻嶕崪（qiú zú），金石峥嵘。抗仙掌以承露，擢（zhuó）双立之金茎。轶埃壒（ài）之混浊，鲜颢（hào）气之清英。骋文成之丕诞，驰五利之所刑。庶松乔之群类，时游从乎斯庭。实列仙之攸馆，非吾人之所宁。

尔乃盛娱游之壮观，奋泰武乎上囿。因兹以威戎夸狄，耀威灵而讲武事。命荆州使起鸟，诏梁野而驱兽。毛群内阗（tián），飞羽上覆。接翼侧足，集禁林而屯聚。水衡虞人，修其营表。

种别群分，部曲有署。罘（fú）网连纮（hóng），笼山络野。列卒周匝（zā），星罗云布。于是乘銮舆，备法驾，帅群臣，披飞廉，入苑门。遂绕酆鄗（fēng hào），历上兰，六师发逐，百兽骇殚（dān）。震震爚爚（yuè），雷奔电激。草木涂地，山渊反覆。蹂躏（róu lìn）其十二三，乃抴（yù）怒而少息。尔乃期门佽（cì）飞，列刃钻鍭（hóu），要跌（jué）追踪。鸟惊触丝，兽骇值锋。机不虚掎（jǐ），弦不再控，矢不单杀，中（zhòng）必叠双。飑飑（biāo）

纷纷，矰缴（zēng zhuó）相缠。风毛雨（yù）血，洒野蔽天。平原赤，勇士厉。猿狖（yòu）失木，豺狼慑（shè）窜。尔乃移师趋险，并蹈潜秽。穷虎奔突，狂兕（sì）触蹶（jué）。许少施巧，秦成力折。掎（jǐ）僄（piào）狡，扼（è）猛噬（shì）。脱角挫（cuò）脰（dòu），徒搏独杀。挟师豹，拖熊螭（chī）。曳犀牦（máo），顿象罴（pí）。超洞壑，越峻崖，蹶（jué）嶃（chán）岩。巨石陨（tuí），松栢（bǎi）仆（pū），丛林摧。草木无馀，禽兽殄（tiǎn）夷。

于是天子乃登属（shǔ）玉之馆，历长杨之榭（xiè）。览山川之体势，观三军之杀获。原野萧条，目极四裔（yì）。禽相镇压，兽相枕藉（jiè）。然后收禽会众，论功赐胙（zuò）。陈轻骑（jì）以行炰（páo），腾酒车以斟酌。割鲜野食，举烽命醮（jué）。飨（xiǎng）赐毕，劳逸齐，大路鸣銮，容与徘徊。集乎豫章之宇，临乎昆明之池。左牵牛而右织女，似云汉之无涯。茂树荫蔚，芳草被（pī）隄（dī）。兰茝（chǎi）发色，晔（yè）晔猗（yī）猗，若摛

（chī）锦布绣，烛燿（zhú yào）乎其陂（bēi）。鸟则玄鹤白鹭，黄鹄（hú）鸹（jiāo）鹳（guàn），鸧（cāng）鸹（guā）鸨（bǎo）鳦（yì），凫（fú）鹥（yī）鸿雁，朝（zhāo）发河海，夕宿江汉，沉（chén）浮往来，云集雾散。于是后宫乘辁辂（zhàn lù），登龙舟，张凤盖，建华旗，祛（qū）黼（fū）帷，镜清流。靡（mǐ）微风，澹（dàn）淡浮。棹（zhào）女讴，鼓吹震，声激越，謍（yíng）厉天，鸟群翔，鱼窥渊。招白鹇（xián），下双鹄，揄（yú）

文竿，出比目。抚鸿罿（chōng），御
缯缴（zēng zhuó），方舟并骛（wù），
俛（fǔ）仰极乐。

遂乃风举云摇，浮游溥
（pǔ）览。前乘秦岭，后越九崚
（zōng），东薄河华（huà），西涉
岐雍。宫馆所历，百有（yòu）馀
区，行所朝夕，储不改供。礼上下而
接山川，究休祐（yòu）之所用，采游
童之讙（huān）谣，第从臣之嘉颂。于
斯之时，都都相望，邑邑相属（zhǔ）。
国藉（jiè）十世之基，家承百年之业。

士食旧德之名氏，农服先畴（chóu）之畎亩（quǎn mǔ），商循族世之所鬻（yù），工用高曾之规矩，粲（càn）乎隐隐，各得其所。

若臣者，徒观迹于旧墟（xū），闻之乎故老，十分而未得其一端，故不能遍举也。

责任编辑：崔秀军

图书在版编目（CIP）数据

汉代文选／罗安宪 主编．—北京：人民出版社，2017.7（2023.3 重印）
（中华传统经典诵读文本）
ISBN 978－7－01－017751－9

I.①汉…　II.①罗…　III.①中国文学－古典文学－作品综合集－汉代
　IV.① I213.41

中国版本图书馆 CIP 数据核字（2017）第 127044 号

汉 代 文 选
HANDAI WENXUAN

罗安宪　主编

人民出版社 出版发行
（100706　北京市东城区隆福寺街 99 号）

北京汇林印务有限公司印刷　新华书店经销

2017 年 7 月第 1 版　2023 年 3 月北京第 2 次印刷
开本：710 毫米 ×1000 毫米 1/16　印张：8.75
字数：27 千字　印数：20,001–24,000 册

ISBN 978－7－01－017751－9　定价：34.00 元

邮购地址 100706　北京市东城区隆福寺街 99 号
人民东方图书销售中心　电话：(010) 65250042　65289539